12.95
1248

Gofrette

Une leçon de plongeon

À nos familles

Direction éditoriale
Jocelyne Morissette
Caroline Fortin

Traduction et révision
Michèle Marineau

Conception graphique
Anne Tremblay

Mise en pages
Lucie Mc Brearty

Retouche des images
Josée Gagnon

Données de catalogage avant publication (Canada)
Brasset, Doris, 1958-
Michot, Fabienne, 1964-
[Gofrette Gets Wet. Français]
Gofrette une leçon de plongeon
Traduction de : Gofrette Gets Wet.

ISBN R-89037-843-8

1. Marineau, Michèle, 1955- . II. Titre. III. Titre : Gofrette Gets Wet.
Français.
PS8576.1267G63 1998   jC843'.54   C98-940033-6
PS9576.1267G63 1998
PZ23.M52Go 1998

Gofrette
Une leçon de plongeon
Doris Brasset et Fabienne Michot

QUÉBEC AMÉRIQUE

Gofrette est né au cœur d'une marguerite.
Il avait une grosse tête et un tout petit corps.
Et puis il s'est mis à grandir, grandir...
Maintenant, sa tête a l'air d'une cerise posée sur
une glace au chocolat.

Bleu et moi à Paris

Longues-Oreilles

Rouge

Filo

Garbanzo

Bleu

Gofrette a beaucoup d'amis : Rouge, le
réfrigérateur ; Bleu, le chien bleu ; Longues-
Oreilles, son lapin ; Filo le paresseux... Gofrette
adore jouer avec Bleu. Il aime surtout quand
Bleu le soulève avec ses oreilles !

Rouge, le réfrigérateur, vit dans la cuisine de Gofrette. Ensemble, ils passent des heures à discuter des choses importantes de la vie. Parfois, ils parlent de Garbanzo El Magnifico, le cousin de Gofrette. C'est le meilleur trapéziste du cirque de Zanimo !

Un matin, Bleu apparaît à la fenêtre de Gofrette.
— Bonjour, Gofrette. Je t'apporte ton courrier.

— Merchi bheaucoup, Brheu. Che vhais lire cha aprhès le décheuner, répond Gofrette, la bouche pleine de crêpes.

Gofrette
2, chemin des Gnugnuts
Zanima

AMELIA

Par Avion

Cher Gofrette,

Le cirque a besoin d'un chat plongeur. J'ai tout de suite pensé à toi.

Avec mes puces les plus sincères,

Ton cousin Garb

Après avoir mangé des tonnes de crêpes et bu
des litres de chocolat chaud, Gofrette lit sa lettre.
Elle vient de son cousin Garbanzo.
Gofrette court à la fenêtre.

— Bleu, **BLEU !!!** hurle-t-il. **OÙ ES-TU ???**
Garbanzo veut que je travaille au cirque
comme chat plongeur !

— Génial ! dit Bleu, qui se balance dans le jardin. Mais tu ne m'avais jamais dit que tu savais plonger...

Gofrette rougit un peu.

— Eh bien, c'est-à-dire que... je ne sais pas vraiment plonger... mais j'ai pensé que tu pourrais me montrer...

— Avec plaisir, répond Bleu. Allons vite à la piscine.

PISCINE
RÈGLEMEN
1. Douche obligatoir
les créatures de t
poil.
2. Accès interdit au
humains, même t
en laisse.
3. Interdiction de n
sens dessus desso
4. Interdiction d'em
le maître nageur
5. Interdiction absol
balader la tête en

— Deux billets, s'il vous plaît, dit Bleu à Monsieur Jaune,
qui se trouve au guichet.

Gofrette, lui, court déjà vers le tourniquet. Il n'a sûrement pas lu les RÈGLEMENTS.

— Une chose à la fois, dit Bleu.
D'abord, la douche...

Gofrette a un petit peu mal au ventre, tout à coup. Va-t-il réussir à plonger ?

Bleu monte sur le tremplin.

— Regarde bien, Gofrette !

Bleu inspire prooofooonnndééément.
Puis, **BOIOIOING !**, il saute dans les airs comme une fusée.

Il tourne, vrille et virevolte. Partout, on entend des **OOOH** et des **AAAH** d'admiration. Quel magnifique plongeon !

— Et voilà ! s'exclame Bleu.

À ton tour, maintenant. Gofrette grimpe sur le tremplin.
Il n'est plus vraiment sûr de vouloir plonger.

— Enlève ton gilet, dit Bleu. Tu sais nager, voyons !

Prenant son courage à quatre pattes, Gofrette retire
son gilet de sauvetage.

Puis il se donne un gros, un grand, un
GIGANTESQUE élan.

Quel gâchis, les amis ! Pattes, queue, poils et moustaches volent dans tous les sens.

PLOUF ! Gofrette retombe lourdement dans l'eau.

Bleu est découragé. Jamais il n'a vu
un plongeon aussi raté.

— Oh ! dit-il. Quelle performance... euh... spéciale.
Très... personnelle... euh... très artistique...

Couché sur le tremplin, Gofrette se met à pleurer.

— Je ne suis pas capable... Je ne serai jamais
capable de plonger...

Un petit oiseau lui chuchote alors un secret à l'oreille.

Gofrette se remet sur ses pattes et essaie de nouveau.

— AAAAAAAHHHHHHH...

Bleu ferme un œil pour ne pas voir le désastre.

Quand Gofrette réussit enfin à sortir de la piscine, il est fou de rage.

— Je déteste les plongeons, je déteste la natation...
Et j'ai **HORREUR** de l'eau !

Heureusement, Bleu a une idée géniale pour calmer Gofrette...

— Ahhh... voilà qui est mieux, ronronne Gofrette en savourant un délicieux cornet de crème glacée.

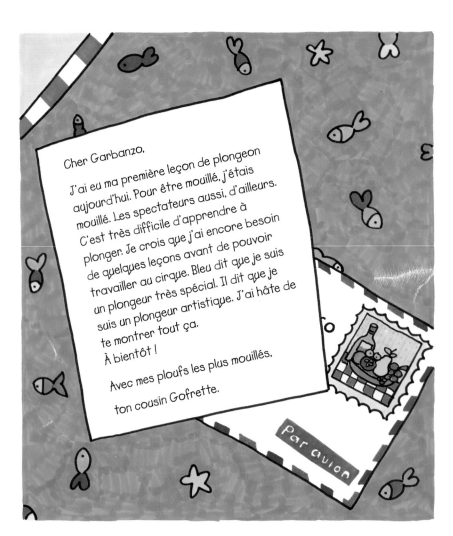

Cher Garbanzo,

J'ai eu ma première leçon de plongeon aujourd'hui. Pour être mouillé, j'étais mouillé. Les spectateurs aussi, d'ailleurs. C'est très difficile d'apprendre à plonger. Je crois que j'ai encore besoin de quelques leçons avant de pouvoir travailler au cirque. Bleu dit que je suis un plongeur très spécial. Il dit que je suis un plongeur artistique. J'ai hâte de te montrer tout ça.
À bientôt !

Avec mes ploufs les plus mouillés,

ton cousin Gofrette.

Il est gros, mais il flotte...